Analyse de l'œuvre

Par Youri Panneel et Lucile Lhoste

Harry Potter à l'école des sorciers

de J. K. Rowling

Rendez-vous sur lepetitlitteraire.fr et découvrez :

Plus de 1200 analyses
Claires et synthétiques
Téléchargeables en 30 secondes
À imprimer chez soi

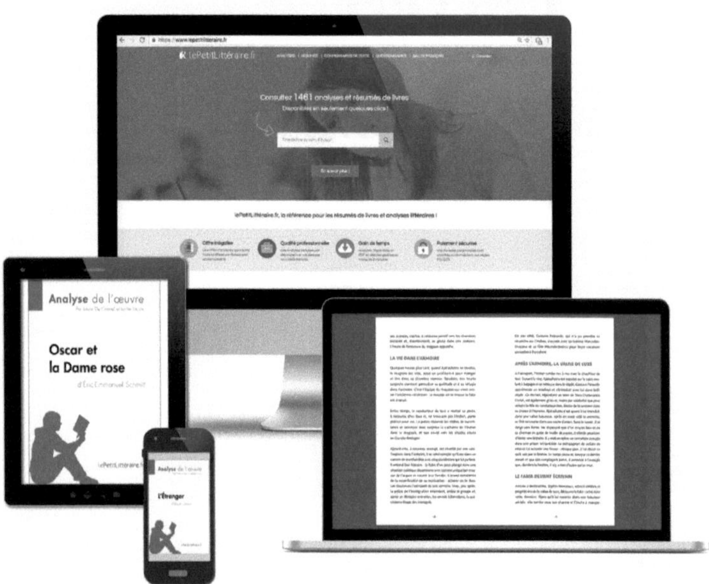

J. K. ROWLING

ROMANCIÈRE ANGLAISE

- **Née en 1965 à Yate (Angleterre)**
- **Quelques-unes de ses œuvres :**
    - *Harry Potter et les reliques de la Mort* (2007), dernier tome de la saga
    - *Une place à prendre* (2012), roman
    - *L'Appel du coucou* (2013), roman écrit sous le pseudonyme de Robert Galbraith

Joanne Rowling est une romancière britannique. Ancienne professeure de français, elle est l'une des auteures les plus connues au monde grâce à sa célèbre série de livres racontant les aventures de Harry Potter.

Désormais à la tête d'une immense fortune, elle est active dans le domaine humanitaire, notamment dans la défense des enfants maltraités. Elle a écrit quelques autres livres liés à l'univers de Harry Potter, dont les profits ont été reversés à des œuvres caritatives. Hormis les ouvrages liés à sa série phare, elle est l'auteure, entre autres, d'*Une place à prendre*, roman publié en 2012.

HARRY POTTER À L'ÉCOLE DES SORCIERS

LE PREMIER TOME D'UNE SÉRIE DE BESTSELLERS

- **Genre :** roman de fantasy
- **Édition de référence :** *Harry Potter à l'école des sorciers*, traduit de l'anglais par Jean-François Ménard, Paris, Gallimard, coll. « Folio Junior », 1998, 308 p.
- **1ʳᵉ édition :** 1997
- **Thématiques :** magie, apprentissage, amitié, courage, pierre philosophale

Harry Potter à l'école des sorciers a été publié pour la première fois en 1997 en Grande-Bretagne à un nombre très limité d'exemplaires, après avoir essuyé de nombreux refus de la part d'éditeurs. Il s'agit du premier roman écrit par J. K. Rowling. Initialement destiné aux enfants, il passionne rapidement les adolescents, puis les adultes eux-mêmes.

Premier tome d'une série de sept livres, il raconte la découverte par Harry Potter du monde de la sorcellerie et son aventure pour empêcher Voldemort, un sorcier maléfique, de s'emparer de la pierre philosophale.

RÉSUMÉ

LA CONVOCATION À L'ÉCOLE DES SORCIERS

Le professeur Dumbledore dépose devant la porte de la famille Dursley un enfant âgé d'un an, Harry Potter. Ses parents viennent d'être assassinés, et les Dursley sont sa dernière famille. On apprend aussi que l'enfant porte au front une cicatrice en forme d'éclair.

Harry vit depuis dix ans dans sa nouvelle famille dont il est le souffre-douleur. Pour l'anniversaire de son cousin, tous se rendent au zoo. Là, Harry fait disparaitre involontairement la vitre d'un terrarium et libère le serpent qu'il contenait, sans comprendre ce qu'il s'est passé.

Peu de temps après, des lettres qui lui sont destinées arrivent chez les Dursley. Son oncle refuse qu'il les lise. Mais celles-ci continuent d'affluer, et la famille décide de fuir sur une ile isolée pour y échapper.

Le jour de ses 11 ans, Harry reçoit la visite de Hagrid, le gardien des clés de Poudlard, l'école de sorcellerie. Il lui remet sa lettre de convocation et lui apprend qu'il est un sorcier. Il lui raconte aussi que Voldemort, un sorcier maléfique, a tué ses parents et a tenté de faire de même avec lui. Pourtant, contre toute attente, c'est Voldemort qui a été détruit, mais pas tué, alors que Harry ne garde de la confrontation qu'une simple cicatrice.

Dans le monde parallèle des sorciers, Harry se rend à la

banque Gringotts avec Hagrid pour y récupérer un paquet que le professeur Dumbledore, le directeur de l'école, lui a demandé de rapporter, tandis qu'Harry achète son matériel scolaire.

LA DÉCOUVERTE DE POUDLARD

Dans le train qui l'emmène vers Poudlard, Harry fait la connaissance d'autres élèves de l'école et se lie d'amitié avec Ron Weasley. En revanche, il refuse celle que lui propose Drago Malefoy.

À Poudlard, les nouveaux élèves sont répartis selon leurs qualités par le Choixpeau magique dans les quatre maisons de l'école : Gryffondor, Poufsouffle, Serdaigle et Serpentard. Harry refuse d'être envoyé à Serpentard, la maison d'où sont sortis la plupart des sorciers qui ont mal tourné. Finalement, le Choixpeau l'attribue à Gryffondor, maison réputée pour le courage et la bravoure de ses habitants. Il s'agit d'un choix judicieux puisque Harry fera preuve d'énormément d'audace au cours de ses aventures.

Harry découvre ensuite ses professeurs. Le maitre de potions, Severus Rogue, lui est immédiatement hostile, sans raison apparente.

Au fils des jours, il apprend à voler sur un balai, ce qui lui permet d'intégrer l'équipe de Quidditch de Gryffondor, un sport très célèbre dans le monde des sorciers.

À la suite d'une dispute, Drago lui propose un duel à minuit, mais il lui tend en fait un piège pour qu'il se fasse punir. En tentant d'échapper au concierge, Harry découvre un chien à trois têtes chargé de monter la garde. Mais sur quoi peut-il bien veiller ?

LA PIERRE PHILOSOPHALE

Lors de la soirée célébrant Halloween, le professeur Quirrell annonce qu'un troll s'est introduit dans l'école. Harry voit le professeur Rogue se diriger vers la pièce où se trouve le chien à trois têtes. Le troll menace une jeune fille, Hermione, réfugiée dans les toilettes, mais Harry et Ron parviennent à le maitriser. À partir de ce moment-là, Hermione, Harry et Ron deviennent amis.

Harry découvre que Rogue est blessé. Il fonde l'hypothèse qu'il a tenté de s'emparer de ce que garde le chien.

Durant un match de Quidditch, Hermione et Ron soupçonnent Rogue de jeter un sort à Harry afin de l'éjecter de son balai. Les trois enfants confient leurs soupçons à Hagrid. Celui-ci refuse de les croire et laisse échapper un indice sur ce que garde le chien : ce serait lié à un certain Nicolas Flamel. Les trois amis cherchent vainement à savoir qui est cet homme. C'est en mangeant une friandise qu'Harry découvre son identité : Nicolas Flamel ne serait autre qu'un alchimiste qui a fabriqué la pierre philosophale. Celle-ci a le pouvoir de changer tous les métaux en or et de produire l'élixir de longue vie.

À Noël, Harry reçoit une cape d'invisibilité ayant appartenu à son père. Il s'en sert pour mener des recherches dans la zone interdite de la bibliothèque. En tentant d'échapper au concierge, il découvre le miroir du Riséd, un objet qui montre les désirs les plus profonds de celui qui le regarde.

Harry surprend une conversation entre Rogue et Quirrell : agressif, Rogue demande à l'autre professeur s'il sait comment passer devant le chien, ce qui semble conforter l'hypothèse des trois amis.

Hagrid annonce à Ron, Harry et Hermione qu'il a gagné un œuf de dragon en jouant aux cartes. L'œuf éclot, et le dragon grandit, mais Hagrid doit s'en débarrasser. Il le confie alors aux enfants pour qu'ils l'envoient au frère de Ron. En livrant leur colis, Harry et Hermione se font prendre par le concierge.

NICOLAS FLAMEL ET LA PIERRE PHILOSOPHALE : ENTRE LÉGENDE ET RÉALITÉ

Cette pierre légendaire, supposée transformer le plomb en or et être le remède de tous les maux, est au cœur des théories sur l'alchimie. Ce n'est pas un hasard si le personnage de Nicolas Flamel y est lié. Cet homme, qui a réellement existé (né au XIVe siècle et mort au XVe siècle à Paris), était écrivain, libraire et copiste. Mais la légende lui a attribué la réussite de la création de la pierre philosophale, grâce à laquelle il aurait amassé une grande fortune.

CELUI-DONT-ON-NE-DOIT-PAS-PRONONCER-LE-NOM

Harry, Hermione, Neville et Malefoy écopent d'une retenue. Ils doivent accompagner Hagrid dans la forêt interdite. Harry et Malefoy y découvrent une créature qui boit le sang des licornes. Elle s'attaque à Harry dont la cicatrice se met à bruler. Un centaure fait fuir la créature et laisse entendre à Harry qu'il s'agissait en réalité de Voldemort. Les enfants échafaudent l'hypothèse que c'est pour lui que Rogue veut récupérer la pierre philosophale.

Hagrid confie aux enfants qu'il a révélé à l'inconnu qui lui a donné le dragon comment passer devant le chien. Dumbledore étant parti à Londres, les enfants en déduisent que Rogue compte s'emparer de la pierre la nuit même. Ils décident donc de s'en emparer avant lui. Après diverses épreuves, Harry arrive, seul, dans la salle où se trouve la pierre.

Là, il découvre que c'est Quirrell qui essaie de voler la pierre, et non Rogue. Quirrell tente de la trouver grâce au miroir du Riséd, mais il ne parvient pas à résoudre l'énigme. Parce qu'il ne souhaite pas s'en servir pour devenir immortel, Harry obtient la pierre. Il affronte alors Quirrell, qui porte Voldemort en lui.

Harry se réveille ensuite à l'infirmerie. Dumbledore lui annonce qu'il a vaincu Quirrell, et par conséquent Voldemort.

ÉTUDE DES PERSONNAGES

HARRY POTTER

Orphelin, Harry est un garçon aux cheveux noirs toujours mal coiffés. C'est le portrait craché de son père avec les yeux de sa mère. Il porte des lunettes et arbore au front une cicatrice en forme d'éclair. Dès le premier chapitre, on apprend que la cicatrice a été faite par un maléfice lancé par Voldemort lors d'une altercation qui a couté la vie à ses parents.

Harry est un enfant courageux, droit et humble ; sa célébrité dans le monde des sorciers ne lui monte pas à la tête. Fondamentalement, il est un sorcier ordinaire ; pourtant, il est indéniablement un héros. Il n'est pas le premier de la classe, mais pas le dernier non plus. Seuls deux éléments le distinguent des autres : son don pour le Quidditch et sa cicatrice. Mais ni l'un ni l'autre n'en font un héros : sa cicatrice le handicape car elle attire l'attention de tous, tandis que ses aptitudes au Quidditch ne l'aident que très peu dans sa quête de la pierre philosophale. Quirrell, en le précédant dans les ultimes épreuves, fera d'ailleurs aussi bien que lui en attrapant la clé d'argent.

Ce qui fait de Harry un héros, ce sont les choix qu'il pose. Si le fait d'avoir survécu à Voldemort alors qu'il n'était qu'un enfant lui procure une certaine célébrité, ce sont bien les décisions qu'il prend qui font de lui un être à part. C'est bien lui qui décide de la direction à donner à sa vie : il choisit d'aller à Gryffondor plutôt qu'à Serpentard ; il refuse l'amitié de Drago Malefoy ; il fait le choix de partir à la recherche de la pierre philosophale et refuse de s'associer à Voldemort. C'est ainsi que Harry fera preuve d'énormément de courage et d'audace au cours de ses aventures et deviendra véritablement un héros.

HERMOINE GRANGER ET RONALD WEASLEY

Fille de deux Moldus, Hermione Granger a des cheveux emmêlés et bouffants ainsi que des incisives très longues. Elle est le type même de l'élève intello : elle a toujours lu à l'avance tous les livres servant de base aux cours qu'elle suit et répond avec empressement aux questions des professeurs. Quoiqu'intelligente, elle doit aussi sa réussite à son travail acharné. Redresseuse de torts, elle n'hésite pas à prendre la défense des plus faibles et à dire ce qu'elle pense.

Garçon issu d'une famille de sorciers, Ronald Weasley, surnommé Ron, a les cheveux roux et des taches de rousseur. Il a cinq frères et une sœur qui lui ressemblent tous. Élève moyen, il connait pourtant tout du monde des sorciers pour y avoir été plongé depuis sa plus tendre enfance. Discret et simple, il est aussi un bon vivant.

Au début du livre, Harry, Ron et Hermione ne sont pas amis. Camarades de classe, ils se connaissent, mais ne semblent pas avoir d'affinités. Au contraire, Hermione souffre de son caractère bien trempé ; Harry et Ron n'apprécient ni son côté intello (« [...] Miss Granger a réussi ! Ce qui eut pour effet de porter à son comble l'exaspération de Ron », p. 172), ni sa propension à leur faire la morale.

Leur amitié ne commence qu'après que Hermione échappe au troll. Cette amitié revêt une très grande importance à travers tout le premier tome et représente l'une des valeurs de base défendues par le livre, et même par la série entière. Elle est inconditionnelle et implique l'entraide au sein du trio : Hermione aide Ron et Harry à faire leurs devoirs, et Ron et Hermione accompagnent Harry dans les épreuves qui se dressent entre lui et la pierre philosophale, au péril de leur vie. Il y a donc une évolution importante des rapports entre ces personnages.

NEVILLE LONDUBAT

Neville est un élève extrêmement peureux que le trio de héros rencontre dans le Poudlard Express, alors qu'il est à la recherche de son crapaud Trevor. Il n'est pas assidu aux cours et ne fait, initialement, preuve d'aucune des qualités chevaleresques portées par sa maison, Gryffondor.

Sa couardise et sa faiblesse font de lui un sujet discret, mais il prend de l'assurance au fur et à mesure que progresse le récit. Il participe notamment à l'escapade de nuit des héros pour confier le dragon Norbert à Charlie, le frère de Ron, ainsi qu'à la retenue qui s'ensuit dans la forêt. Son principal coup d'éclat est la résistance qu'il oppose à Harry, Ron et Hermione alors qu'ils veulent aller récupérer la pierre philosophale. Paralysé par un sort lancé par Hermione, il ne parvient toutefois pas à les stopper. Cet acte de courage lui permet d'apporter à Gryffondor les dix points nécessaires pour remporter la Coupe des quatre maisons, faisant de lui un héros aux yeux de ses camarades.

HAGRID

Énorme est le qualificatif qui convient le mieux à Rubeus Hagrid. Très grand, très large, hirsute, bourru à ses heures et gaffeur occasionnel, il a été exclu de la communauté magique lors de sa troisième année à Poudlard, après avoir été accusé à tort d'avoir introduit une créature mortelle dans l'école (épisode évoqué dans le second tome de la série). Il porte un grand intérêt aux bestioles magiques dangereuses.

En tant que gardien des clés de Poudlard, il ouvre symboliquement les portes de l'école. C'est lui qui introduit Harry dans le monde de la sorcellerie, amenant le jeune garçon au professeur Dumbledore. C'est encore lui qui révèle au jeune garçon qu'il est un sorcier et qui le guide dans ses premiers pas à Poudlard. C'est Hagrid enfin qui lance la quête de Harry en prélevant la pierre philosophale dans le coffre de Gringotts et en révélant à Quirrell le secret du chien à trois têtes.

ALBUS DUMBLEDORE

Personnage charismatique, Albus Dumbledore est présenté comme un sorcier exceptionnel. Vieux, doté de lunettes en forme de demi-lune, il est le directeur de l'école de Poudlard. Passant pour un peu fou (« J'ai toujours dit qu'il était cinglé, remarqua Ron », p. 295), il semble omniscient : c'est auprès de lui que Minerva McGonagall, la directrice de la maison Gryffondor, se renseigne sur le destin tragique des parents de Harry, et c'est encore lui que Harry questionne à la fin de l'aventure concernant ce qu'il s'est passé lors de la confrontation avec Quirrell/Voldemort et sur les raisons de sa victoire. C'est enfin un grand connaisseur de l'âme humaine : lorsque Harry défie Quirrell/Voldemort face au miroir du Riséd, Dumbledore avait prévu que le garçon découvrirait la pierre, non pour s'en servir, mais pour simplement la trouver. Enfin, c'est un homme orgueilleux (« Mon intelligence me surprend moi-même parfois », p. 293).

Dans le premier tome, Dumbledore semble avoir relativement peu d'importance : il guide la vie de Harry de loin et dirige ses actes à distance, tout en lui laissant le choix (« C'est un peu comme s'il me reconnaissait le droit d'affronter Voldemort face à face si je le pouvais », dit Harry, p. 295). Dumbledore est pourtant un personnage central : c'est lui qui, en laissant le choix à Harry, en fait un héros.

QUIRRELL/VOLDEMORT

Quirrell est professeur de défense contre les forces du mal. Il n'en a pourtant ni l'étoffe ni le charisme : il bégaie et maitrise mal la matière qu'il doit enseigner… ou du moins est-ce le personnage qu'il se construit afin de tromper la vigilance de Harry. En effet, c'est un dissimulateur. C'est aussi un fourbe puisqu'il tente d'assassiner Harry lors d'un match de Quidditch. En réalité, il s'est laissé posséder par Voldemort avec qui il partage son corps.

Voldemort est quant à lui un sorcier maléfique craint de tous. Il est l'assassin des parents de Harry. Il n'apparait que très peu durant le premier tome de la série, même s'il est évoqué à de très nombreuses reprises. Sa description est parcellaire, et pour cause : il n'est pas capable d'avoir un corps. Seule sa tête est brièvement décrite. De même que le fait que son nom ne doit pas être prononcé, cette absence de corps et de description rend le personnage plus effrayant.

Voldemort incarne le mal absolu et Quirrell est son fidèle serviteur. Ils ne reculent ni devant l'assassinat ni devant le sacrilège. Quirrell, pour permettre à son maitre de survivre, tue plusieurs licornes et boit leur sang. Tous deux veulent défier la mort en s'appropriant la pierre philosophale.

SEVERUS ROGUE

Professeur de potions, Rogue est un homme antipathique, jusque dans son nom, qui le désigne comme méprisant et froid à la fois. Il a les cheveux noirs et gras, le nez crochu et le teint cireux. Il déteste Harry. Selon Dumbledore, ce serait lié au fait que le père de Harry l'ait sauvé autrefois, lorsque tous deux étaient à l'école ensemble. Rogue ne manque pas une occasion de rabaisser son élève. On apprend à la fin du livre que c'est pourtant lui qui a évité à Harry une chute fatale durant le premier match de Quidditch.

Coupable tout désigné pour Harry, Ron et Hermione, Rogue brouille les cartes et empêche Quirrell de mener son projet à bien. C'est un personnage extrêmement ambigu, une caractéristique qu'il conservera jusqu'à la fin de la saga.

CLÉS DE LECTURE

SCHÉMAS ACTANTIELS

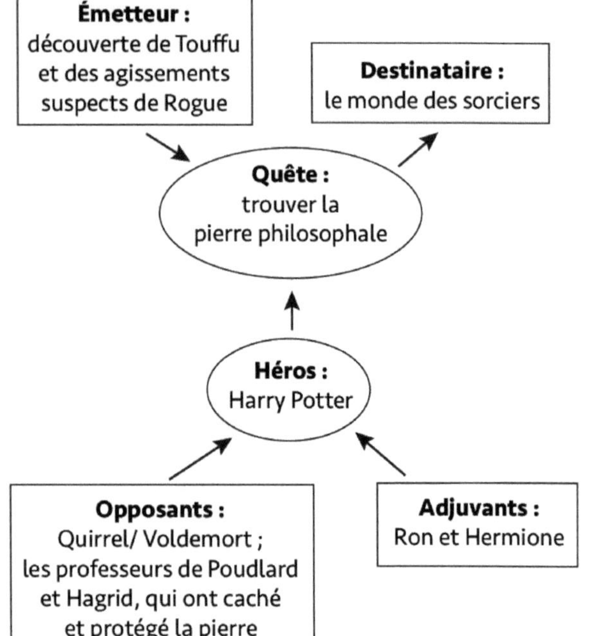

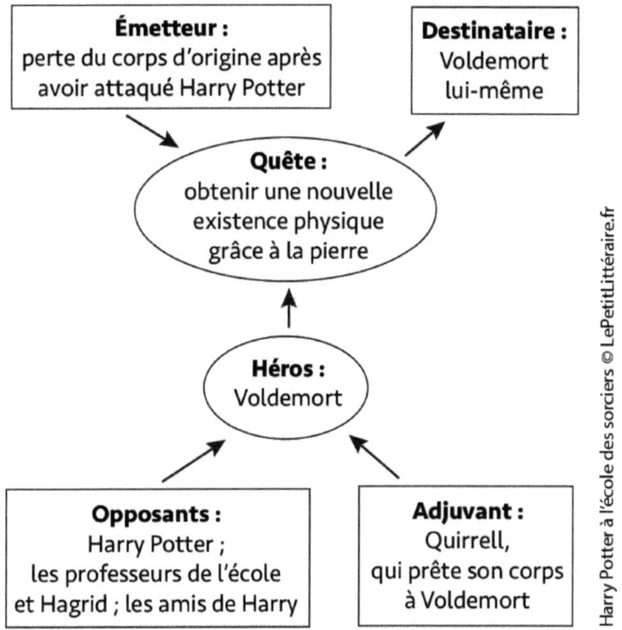

SCHÉMA NARRATIF

Situation initiale : comme son nom l'indique, elle constitue le début de l'histoire. Elle introduit le ou les personnages principaux et donne les éléments de base de l'histoire. Elle correspond également à une phase stable : elle dépeint une situation qui contient une certaine routine.

- Dans *Harry Potter à l'école des sorciers*, elle court sur les deux premiers chapitres. Le premier introduit Harry et le professeur Dumbledore, ainsi que le monde des sorciers.

Quant au deuxième, il se passe dix ans après le premier et décrit des faits qui sont habituels : les brimades dont Harry est victime, par exemple.

Élément perturbateur : c'est ce qui vient rompre la routine de l'étape précédente. C'est le véritable déclencheur de l'histoire, sans lequel rien n'arriverait.

- Il s'agit de l'arrivée chez les Dursley de la première lettre de Poudlard pour Harry.

Péripéties : Ce sont les différents évènements qui surviennent durant l'histoire. Ils découlent tous de l'élément perturbateur et entrainent la ou les actions entreprises par le héros pour résoudre le problème.

- Harry apprend qu'il est un sorcier et que Voldemort veut le tuer ; il se rend à l'école ; il se familiarise avec le monde de la sorcellerie ; il découvre Touffu, le chien à trois têtes, et que celui-ci garde la pierre philosophale ; il en déduit que Voldemort veut s'en emparer afin de recouvrer une apparence physique ; il part à la recherche de la pierre.

Dénouement : c'est ce qui met un terme aux péripéties avant une nouvelle phase de stabilisation de l'histoire.

- Harry affronte Voldemort et le vainc.

Situation finale : il s'agit du résultat de la fin de l'histoire. Il n'y a plus de nouvelle péripétie. L'histoire redevient stable. Parfois, cette phase peut s'avérer très courte dans un livre ; l'auteur ne s'étend généralement pas sur celle-ci, car il n'y a pas grand-chose à en dire, et le lecteur peut aisément se l'imaginer.

- Cette phase ne commence qu'à la fin du dernier chapitre, quand Harry se réveille à l'infirmerie : il a vaincu Voldemort, et la pierre philosophale a été détruite. Les vacances s'annoncent.

LE GENRE DE LA FANTASY

Harry Potter à l'école des sorciers appartient au genre de la fantasy.

Ce genre littéraire est relativement neuf. Les premières œuvres que l'on range dans cette catégorie datent de la fin du XIXe siècle. De ce fait, le genre est encore mal défini et assez varié ; il contient de nombreux sous-genres et se détermine par opposition à d'autres. L'un des romans phares de la fantasy est *Le Seigneur des anneaux* de J.R.R. Tolkien (écrivain anglais, 1892-1973).

La fantasy se caractérise par :

- un univers fondamentalement différent du monde réel inventé de toutes pièces par l'auteur, parfois en lien avec le nôtre. Ainsi, dans *Harry Potter à l'école des sorciers*, le protagoniste doit pénétrer dans le monde des sorciers par le Chaudron baveur. Il s'agit en outre d'un univers qui possède ses règles propres, différentes de celles du monde réel ;
- la présence d'une forme de magie. Certains personnages sont dotés de pouvoirs, sinon magiques, du moins spé-

ciaux. Dans le roman, la plupart des personnages sont doués de pouvoirs magiques plus ou moins grands ;

- la coexistence de différentes races (elfes, orques, nains, etc.) et/ou de créatures mythologiques (dragons, chimères, centaures, etc.). Dans *Harry Potter à l'école des sorciers*, on croise des sorciers, des humains, un dragon ou encore des centaures ;
- la référence régulière à un socle mythologique important. La fantasy puise dans la mythologie gréco-romaine, germanique, nordique et orientale, mais aussi dans la tradition populaire, voire folklorique. Par exemple, dans ce premier opus de la saga, J. K. Rowling emprunte à la tradition populaire la figure du sorcier et de Nicolas Flamel, et à la mythologie gréco-romaine, Cerbère (sous les traits de Touffu) ainsi que les centaures.

La fantasy ressemble par certains aspects à d'autres genres littéraires. Pourtant, elle s'en différencie par l'absence de certaines caractéristiques :

- la fantasy se démarque du conte de fées par une absence de structure systématique et de tradition orale. De plus, elle ne comprend pas forcément de morale ou celle-ci ne se situe pas au centre du récit, au contraire du conte de fées ;
- la fantasy se différencie également du fantastique par le fait que les éléments surnaturels qui apparaissent dans le récit ne suscitent aucune hésitation de la part des différents protagonistes et du lecteur quant à leur existence.

En conclusion, on peut dire que la fantasy est dotée de caractéristiques propres, mais qu'elle se situe à l'intersection entre le fantastique et le merveilleux.

LES THÉMATIQUES DU ROMAN

Le thème le plus notable du roman est celui de la magie, impossible à éviter dans un ouvrage de fantasy : « Le rôle joué par la magie dans cette dernière [la fantasy] équivaut à celui joué par la science dans la S-F. » (BAUDOU J., *L'encyclopédie de la fantasy*, p. 10) Habilement passée comme sorcellerie dans l'œuvre étudiée (la sorcellerie renvoie, souvent de manière péjorative, à une forme de magie noire, à l'œuvre sous divers aspects dans le roman), elle transforme les personnages en sorciers pourvus de baguettes magiques pour lancer leurs sortilèges. Pour servir son propos en la matière, l'auteure a inventé une série de sorts (*Wingardium Leviosa* pour faire léviter les objets ou les gens, *Petrificus totalus* pour paralyser Neville dans les derniers chapitres, etc.) et a utilisé des codes déjà présents tels que les balais volants et la présence de créatures mythologiques aux côtés d'autres bien réelles. Cette thématique donne à l'ensemble une dimension essentielle car elle est le vecteur de tout l'imaginaire qui a tant fasciné les lecteurs de la saga. Elle permet une telle évasion du réel que les aventures des héros n'en deviennent que plus palpitantes.

Le roman revêt également une importante dimension d'apprentissage qui se joue sur deux plans : les cours suivis par les jeunes enfants à Poudlard et l'apprentissage général du monde des sorciers et de ses dangers. Harry et ses camarades suivent divers cours, comme n'importe quels écoliers, mais ceux-ci sont entièrement dédiés à la sorcellerie.

Parallèlement, ils apprennent également des éléments sur la magie noire et sur les créatures ou les objets magiques qui se révèlent essentiels lors de leur aventure. C'est évidemment un facteur d'identification majeur, car nombre de jeunes lecteurs ont pu par cette thématique scolaire s'imaginer eux aussi parcourant les couloirs de Poudlard.

Les valeurs portées par la maison Gryffondor sont parmi les thématiques phares du roman et de toute la saga. Les élèves qui appartiennent à cette maison font preuve tôt ou tard d'un sens aigu de l'amitié, de courage, d'audace et d'entraide, ce qui leur permet de faire face à toutes les difficultés. À contrario, ceux qui ne les possèdent pas finissent par en payer le prix : Drago Malefoy voit ses mauvais tours échouer ; Voldemort est dépossédé une nouvelle fois d'un corps ; Quirrell ne peut récupérer la pierre et meurt. Harry, quant à lui, noue des amitiés dont la traversée des diverses chambres à la fin du livre marque le couronnement : l'intervention de chacun de ses amis (même Neville) se révèle décisive.

UN SUCCÈS PLANÉTAIRE

Aujourd'hui, le succès remporté par la saga Harry Potter est indéniable, mais il n'a pas toujours été au rendez-vous. En effet, J. K. Rowling a dû essuyer de nombreux refus de la part d'éditeurs qui ne trouvaient aucune qualité à son texte. Persévérant tout de même, elle a fini par trouver, en 1997, une maison d'édition qui a accepté de publier son texte à un faible tirage grâce, semble-t-il, à la jeune fille de l'éditeur qui avait apprécié l'histoire.

Grâce au bouche-à-oreille, le roman devient très rapidement un succès et remporte quelques prix. Il est alors traduit en français par les éditions Gallimard qui y voient un futur bestseller. Aujourd'hui, il s'agit d'un des plus grands succès en librairie puisque la saga s'est vendue à plusieurs centaines de millions d'exemplaires.

Les raisons qui expliquent cet engouement sont multiples :

- il s'agit d'un roman d'apprentissage. Le jeune garçon et ses amis grandissent, évoluent et apprennent à maitriser la magie au fil des tomes. De la même façon, les premiers lecteurs qui découvraient souvent la série alors qu'ils avaient le même âge que les protagonistes ont vieilli en même temps qu'eux, ce qui a certainement joué dans le phénomène d'identification qui est intervenu dans le succès de la saga ;
- les thématiques mises à l'honneur dans les romans sont très attractives. La magie permet à la fois de faire rêver et de mettre les protagonistes dans des situations exceptionnelles. De plus, les thèmes abordés sont en lien étroit avec la vie et les préoccupations des jeunes lecteurs ;
- les films ont bien évidemment participé à ce succès et ont permis d'incarner les différents personnages et d'offrir aux lecteurs une vision du monde magique. Une véritable communauté s'est alors créée sur Internet et a permis aux fans de se retrouver dans un espace privilégié.

Le phénomène ne s'est pas limité à la jeunesse : de nombreux adultes ont également été charmés par les romans.

UN VOCABULAIRE IMAGÉ

La création d'un monde voisin du nôtre dans lequel la magie existe a amené l'auteure à concevoir un vocabulaire particulier. L'invention de nouveaux mots était nécessaire puisque J. K. Rowling devait rendre compte de concepts inexistants : ingrédients magiques entrant dans la composition des recettes, objets imaginaires, etc. Pour ce faire, elle a inventé un vocabulaire imagé contenant de nombreux jeux de mots ou des anagrammes (figure de style qui consiste à mélanger les lettres au sein d'un mot) afin que, à la simple lecture du nouveau terme, le lecteur puisse en deviner la signification, l'utilité, etc. Nous pouvons ainsi citer la « beuglante » qui est un courrier magique transmettant des messages de colère, « l'oubliator » qui permet d'effacer la mémoire, etc.

Il en va de même pour de nombreux noms de personnages qui fournissent des indices sur le caractère et la personnalité de celui qui le porte, par exemple Severus Rogue ou Drago Malefoy.

Pour toutes ces raisons, le choix du traducteur était crucial afin de ne pas perdre la richesse de l'écriture de J. K. Rowling. Jean-François Ménard (écrivain français et traducteur spécialisé dans les romans pour la jeunesse) a ainsi eu la lourde tâche de trouver des équivalents français aux nombreux termes imaginaires anglais.

UNE ADAPTATION RESTÉE
DANS LES MÉMOIRES

Dès le début des années 2000, le projet d'une adaptation cinématographique est lancé. Si Steven Spielberg (réalisateur américain, né en 1946) était pressenti pour diriger le film, c'est finalement Chris Colombus (réalisateur américain, né en 1958) qui est choisi.

À l'époque du lancement de la production, les trois premiers volumes de la série étaient sortis en librairie, et l'engouement était toujours bien présent. Chris Colombus a donc décidé de miser sur le respect de l'œuvre originale pour que le public s'y retrouve. Toutefois, au vu de la richesse du contenu d'origine et du changement de format, certains contenus ont été changés, voire supprimés. Voici plusieurs exemples parmi les plus apparents :

- l'esprit frappeur Peeves, qui hante les couloirs de l'école depuis le Moyen Âge, est totalement absent dans les films. Rik Mayall (acteur britannique, 1958-2014) avait pourtant bien tourné quelques scènes pour le premier film, mais elles ont été coupées au montage ;
- Neville n'accompagne pas ses camarades lors de leur escapade nocturne et n'écope donc pas d'une retenue dans la forêt, mais son acte de courage final est présent pour justifier ses dix points en faveur de Gryffondor ;
- la partie du film dédiée au dragon Norbert a été largement modifiée. Charlie n'intervient pas dans l'épisode, l'éclosion a lieu la nuit du transfert, Ron n'est pas mordu, et Neville n'est pas présent ;

- l'épreuve des potions n'a pas lieu, Hermione restant avec Ron dans la salle des échecs et Harry allant directement à la rencontre de Quirrell/Voldemort.

Au jeu des suppressions et modifications, une volonté demeure : celle de donner au film, à la même mesure que l'ouvrage dont il s'inspire, une dimension magique et familiale qui reflète à la perfection les valeurs que J. K. Rowling voulait mettre en avant dans son roman.

PISTES DE RÉFLEXION

QUELQUES QUESTIONS POUR APPROFONDIR SA RÉFLEXION

- Les éditeurs français ont volontairement changé le titre d'origine, qui aurait dû être littéralement *Harry Potter et la Pierre philosophale*, et ont préféré celui de *Harry Potter à l'école des sorciers*. À votre avis, qu'est-ce qui a motivé ce choix ?
- Comment expliquez-vous le succès de la saga *Harry Potter* ?
- À quel genre appartient *Harry Potter à l'école des sorciers* ? Quels éléments vous permettent de l'affirmer ?
- Comme Harry, Dumbledore semble au départ être un personnage mineur. Qu'est-ce qui peut néanmoins laisser supposer le contraire ?
- Au début du livre, rien n'indique que Harry a la stature d'un héros. Quels sont les éléments qui lui confèrent cette aura au fil de l'intrigue ?
- Le trio Harry/Ron/Hermione met du temps à se former mais se révèle très important vis-à-vis des valeurs défendues par le roman. Pour quelle(s) raison(s) ?
- Pourquoi Harry parvient-il à obtenir la pierre via le miroir du Risèd, au contraire de Quirrell/Voldemort ? Que cela révèle-t-il d'important par rapport au miroir ?
- En quoi peut-on déjà affirmer avec ce premier volume que le personnage de Severus Rogue est ambigu ?
- J. K. Rowling s'est également inspirée du monde réel pour créer le monde des sorciers. Quels éléments le prouvent ?
- Quelle importance revêt la traduction française en ce qui

concerne les noms de personnages ou d'objets ?

Votre avis nous intéresse !
Laissez un commentaire sur le site de votre librairie en ligne
et partagez vos coups de cœur sur les réseaux sociaux !

POUR ALLER PLUS LOIN

ÉDITION DE RÉFÉRENCE

- Rowling J. K., *Harry Potter à l'école des sorciers*, Paris, Gallimard Jeunesse, coll. « Folio Junior », 1998.

ÉTUDES DE RÉFÉRENCE

- Baudou J., L'encyclopédie de la fantasy, Paris, Fetjaine, 2009.
- « Harry Potter Facts n°7 : Le casting de Daniel Radcliffe », in *Potterveille*, consulté le 25 aout 2016, http://www.potterveille.com/2015/11/29/harry-potter-facts-n-7-le-casting-de-daniel-radcliffe/
- « *Harry Potter à l'école des sorciers* : Changements par rapport au livre », in *Encyclopédie Harry Potter*, consulté le 25 aout 2016, http://www.encyclopedie-hp.org/help-about/films/ps/ps_changes.php
- Jankélévitch S., « Pierre Philosophale », in *Universalis*, consulté le 1er septembre 2016, http://www.universalis.fr/encyclopedie/pierre-philosophale/
- « Les films Harry Potter », in *Encyclopédie Harry Potter*, consulté le 25 aout 2016.
- « Steven Spielberg aurait pu réaliser un Harry Potter », in *Le Figaro*, consulté le 25 aout 2016, http://www.lefigaro.fr/cinema/2015/01/15/03002-20150115ARTFIG00389-steven-spielberg-aurait-pu-realiser-un-harry-potter.php

ADAPTATION

- *Harry Potter à l'école des sorciers*, film de Chris Colombus, avec Daniel Radcliffe dans le rôle de Harry Potter, Rupert Grint dans le rôle de Ron Weasley et Emma Watson dans le rôle de Hermione Granger, 2001.

SUR LEPETITLITTÉRAIRE.FR

- Fiche de lecture sur *Harry Potter et la Chambre des Secrets* de J. K. Rowling
- Fiche de lecture sur *Harry Potter et la Coupe de feu* de J. K. Rowling
- Fiche de lecture sur *Harry Potter et le Prisonnier d'Azkaban* de J. K. Rowling
- Questionnaire de lecture sur *Harry Potter à l'école des sorciers* de J. K. Rowling

Retrouvez notre offre complète sur lePetitLittéraire.fr

- des fiches de lectures
- des commentaires littéraires
- des questionnaires de lecture
- des résumés

ANOUILH
- Antigone

AUSTEN
- Orgueil et Préjugés

BALZAC
- Eugénie Grandet
- Le Père Goriot
- Illusions perdues

BARJAVEL
- La Nuit des temps

BEAUMARCHAIS
- Le Mariage de Figaro

BECKETT
- En attendant Godot

BRETON
- Nadja

CAMUS
- La Peste
- Les Justes
- L'Étranger

CARRÈRE
- Limonov

CÉLINE
- Voyage au bout de la nuit

CERVANTÈS
- Don Quichotte de la Manche

CHATEAUBRIAND
- Mémoires d'outre-tombe

CHODERLOS DE LACLOS
- Les Liaisons dangereuses

CHRÉTIEN DE TROYES
- Yvain ou le Chevalier au lion

CHRISTIE
- Dix Petits Nègres

CLAUDEL
- La Petite Fille de Monsieur Linh
- Le Rapport de Brodeck

COELHO
- L'Alchimiste

CONAN DOYLE
- Le Chien des Baskerville

DAI SIJIE
- Balzac et la Petite Tailleuse chinoise

DE GAULLE
- Mémoires de guerre III. Le Salut. 1944-1946

DE VIGAN
- No et moi

DICKER
- La Vérité sur l'affaire Harry Quebert

DIDEROT
- Supplément au Voyage de Bougainville

DUMAS
• Les Trois
  Mousquetaires

ÉNARD
• Parlez-leur
  de batailles,
  de rois et
  d'éléphants

FERRARI
• Le Sermon sur la
  chute de Rome

FLAUBERT
• Madame Bovary

FRANK
• Journal
  d'Anne Frank

FRED VARGAS
• Pars vite et
  reviens tard

GARY
• La Vie devant soi

GAUDÉ
• La Mort du
  roi Tsongor
• Le Soleil des
  Scorta

GAUTIER
• La Morte
  amoureuse
• Le Capitaine
  Fracasse

GAVALDA
• 35 kilos d'espoir

GIDE
• Les
  Faux-Monnayeurs

GIONO
• Le Grand
  Troupeau
• Le Hussard
  sur le toit

GIRAUDOUX
• La guerre de
  Troie
  n'aura pas lieu

GOLDING
• Sa Majesté des
  Mouches

GRIMBERT
• Un secret

HEMINGWAY
• Le Vieil Homme
  et la Mer

HESSEL
• Indignez-vous !

HOMÈRE
• L'Odyssée

HUGO
• Le Dernier Jour
  d'un condamné
• Les Misérables
• Notre-Dame
  de Paris

HUXLEY
• Le Meilleur
  des mondes

IONESCO
• Rhinocéros
• La Cantatrice
  chauve

JARY
• Ubu roi

JENNI
• L'Art français
  de la guerre

JOFFO
• Un sac de billes

KAFKA
• La Métamorphose

KEROUAC
• Sur la route

KESSEL
• Le Lion

LARSSON
• Millenium I. Les
  hommes qui
  n'aimaient pas
  les femmes

LE CLÉZIO
• Mondo

LEVI
• Si c'est un
  homme

LEVY
• Et si c'était vrai…

MAALOUF
• Léon l'Africain

MALRAUX
• La Condition
  humaine

MARIVAUX
• La Double
  Inconstance
• Le Jeu de l'amour
  et du hasard

MARTINEZ
• Du domaine
  des murmures

MAUPASSANT
• Boule de suif
• Le Horla
• Une vie

MAURIAC
• Le Nœud
  de vipères

MAURIAC
• Le Sagouin

MÉRIMÉE
• Tamango
• Colomba

MERLE
• La mort est
  mon métier

MOLIÈRE
• Le Misanthrope
• L'Avare
• Le Bourgeois
  gentilhomme

MONTAIGNE
• Essais

MORPURGO
• Le Roi Arthur

MUSSET
• Lorenzaccio

MUSSO
• Que serais-je
  sans toi ?

NOTHOMB
• Stupeur et
  Tremblements

ORWELL
• La Ferme
  des animaux
• 1984

PAGNOL
• La Gloire de
  mon père

PANCOL
• Les Yeux jaunes
  des crocodiles

PASCAL
• Pensées

PENNAC
• Au bonheur
  des ogres

POE
• La Chute de la
  maison Usher

PROUST
• Du côté de
  chez Swann

QUENEAU
• Zazie dans
  le métro

QUIGNARD
• Tous les matins
  du monde

RABELAIS
• Gargantua

RACINE
• Andromaque
• Britannicus
• Phèdre

ROUSSEAU
• Confessions

ROSTAND
• Cyrano de
  Bergerac

ROWLING
• Harry Potter à
  l'école des sor-
  ciers

SAINT-EXUPÉRY
• Le Petit Prince
• Vol de nuit

SARTRE
• Huis clos
• La Nausée
• Les Mouches

SCHLINK
• Le Liseur

SCHMITT
- La Part de l'autre
- Oscar et la
  Dame rose

SEPULVEDA
- Le Vieux qui
  lisait des romans
  d'amour

SHAKESPEARE
- Roméo et Juliette

SIMENON
- Le Chien jaune

STEEMAN
- L'Assassin
  habite au 21

STEINBECK
- Des souris et
  des hommes

STENDHAL
- Le Rouge et
  le Noir

STEVENSON
- L'Île au trésor

SÜSKIND
- Le Parfum

TOLSTOÏ
- Anna Karénine

TOURNIER
- Vendredi ou
  la Vie sauvage

TOUSSAINT
- Fuir

UHLMAN
- L'Ami retrouvé

VERNE
- Le Tour
  du monde
  en 80 jours
- Vingt mille
  lieues sous
  les mers
- Voyage au
  centre de
  la terre

VIAN
- L'Écume des jours

VOLTAIRE
- Candide

WELLS
- La Guerre des
  mondes

YOURCENAR
- Mémoires
  d'Hadrien

ZOLA
- Au bonheur
  des dames
- L'Assommoir
- Germinal

ZWEIG
- Le Joueur
  d'échecs

www.lepetitlitteraire.fr

ISBN version numérique : 978-2-8062-8345-0
ISBN version papier : 978-2-8062-8346-7
Dépôt légal : D/2016/12603/550

Avec la collaboration de Lucile Lhoste pour les chapitres suivants : analyse de Neville Londubat, « Une adaptation restée dans les mémoires », « Les thématiques du roman » ainsi que le complément d'information intitulé « Nicolas Flamel et la pierre philosophale : entre légende et réalité » et les pistes de réflexion.

Conception numérique : Primento,
le partenaire numérique des éditeurs.

Ce titre a été réalisé avec le soutien de la Fédération Wallonie-Bruxelles, Service général des Lettres et du Livre.